PÉTITION

SUR LA LOI DU

SECOURS A ACCORDER AUX CHEFS DE FAMILLE

AYANT SEPT ENFANTS

NANCY

IMPRIMERIE NANCÉIENNE, 1, RUE DE LA PÉPINIÈRE

1886

PÉTITION

SUR LA LOI DU

SECOURS A ACCORDER AUX CHEFS DE FAMILLE

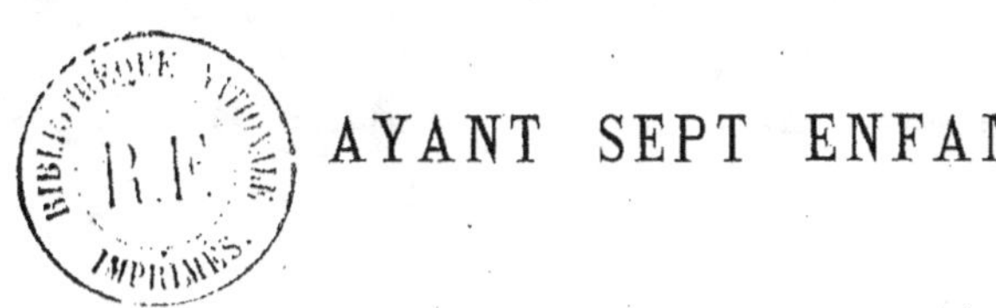

AYANT SEPT ENFANTS

NANCY

IMPRIMERIE NANCÉIENNE, 1, RUE DE LA PÉPINIÈRE

1886

PÉTITION

SUR LA LOI

DU SECOURS A ACCORDER AUX CHEFS DE FAMILLE

AYANT SEPT ENFANTS

Monsieur le Président du Sénat et Messieurs les Sénateurs.

MESSIEURS,

Je, soussigné, vice-président du Bureau de Bienfaisance de la ville de Nancy, ai l'honneur de soumettre à votre haute appréciation et à votre bienveillant accueil la pétition ci-jointe, tendant à demander l'abrogation de la loi du 8 août 1885, relative au secours à donner aux chefs de famille ayant sept enfants à leur charge. Cette loi, destinée à remplacer avec quelques modifications celle qui a été promulguée le 29 nivôse an XIII, ne remplit pas mieux que celle-ci le but qu'on devait chercher à atteindre et qui se résume dans les quelques mots ci-après :

« Alléger dans la mesure du possible la lourde charge que sept enfants » imposent fatalement à un ménage pauvre ou ne disposant, pour toutes ressour- » ces, que d'un salaire journalier ordinaire. »

Or, ce résultat n'est pas plus obtenu par la nouvelle loi que par l'ancienne, et cela se comprend.

Là où il y a sept enfants, il y a un intérêt social de premier ordre à faciliter au chef de la famille la nourriture, l'entretien et l'éducation morale et profession-nelle de tous ces intéressants petits êtres, et non d'assurer le bien-être d'un seul d'entre eux et laisser tous les autres ainsi que leurs parents aux prises avec la gène et les difficultés journalières, qui ne seraient nullement diminuées par l'absence d'une unité sur neuf.

D'un autre côté, il doit être évident que, dans une famille où un accroissement dans cette proportion du nombre des enfants se sera produit, il est presqu'impossible de donner à chacun d'eux l'instruction nécessaire pour pouvoir se présenter aux examens avec quelques chances de succès, car une impérieuse nécessité, conséquence naturelle des besoins de chaque jour, impose l'obligation de faire travailler ces enfants aussitôt que les forces le leur permettent, afin que, par leurs gains, ils viennent successivement alléger la dépense générale de la famille.

Ceci étant admis, la loi du 8 août 1885 ne pourra jamais profiter qu'à quelques rares candidats appartenant aux familles les plus à l'aise, sans que pour cela la situation des frères et sœurs en soit améliorée ; mais pour toutes les autres familles le bénéfice de cette loi restera, pour elles, lettre morte, et ce n'est pas là bien certainement ce que le législateur a voulu.

Considérant donc, par ce qui précède et les autres motifs contenus dans ma pétition, la loi du 8 août 1885 comme absolument inefficace et ne remplissant nullement le but qu'on devait avoir en vue, je prends la liberté d'en demander l'abrogation et en même temps d'indiquer les moyens à employer pour atténuer la plus cruelle des misères que des parents peuvent éprouver : celle de ne pouvoir nourrir et élever leurs enfants !

Je sais bien, par expérience, que l'Assistance publique cherche, en pareil cas, à venir en aide à une situation aussi pénible et aussi intéressante ; mais, non seulement elle ne peut le faire, presque toujours, que fort imparfaitement, mais, en outre, il faut tenir compte de ce que nombre de braves gens qui luttent avec courage, je dirai presque avec héroïsme, pour subvenir aux besoins de chaque jour, ont le cœur trop haut placé pour demander ailleurs qu'au travail les moyens d'existence ; ceux-là assurément ne sont pas les clients d'un Bureau de Bienfaisance, car il leur répugnerait d'y venir tendre la main.

La conséquence de ce qui précède, c'est que l'État doit venir en aide à la famille où il y a sept enfants, soit par les moyens que j'ai indiqués, soit par d'autres qui pourront être mieux appropriés au but à atteindre. Mais, en tous cas, et c'est là ce qui domine toute cette question, il est absolument indispensable de remplacer ce qu'on fait actuellement pour un seul enfant par une assistance qui profite à la famille tout entière. Le nombre des bons et utiles citoyens s'accroîtra d'autant et l'on fera ainsi une œuvre vraiment bonne en même temps que profitable à notre cher pays.

Veuillez, Monsieur le Président du Sénat et Messieurs les Sénateurs, agréer l'assurance de mon respectueux dévoûment.

EXAMEN

de la loi du 29 nivôse an XIII ét de celle du 8 août 1885, relatives au secours
à donner aux pères de famille ayant sept enfants.

———

La nature humaine est ainsi faite, qu'on voit incessamment succéder à une période de vives émotions une réaction de sensations contraires, et c'est ainsi qu'en suite des péripéties terribles de la tourmente révolutionnaire, on vit naître et se développer des sentiments de philanthropie, des idées humanitaires qui étaient pour ainsi dire le réveil de la civilisation, étouffée un moment par le régime de la terreur.

Au sein de l'enfantement glorieux des lois, promulguées successivement, et qui avaient pour but d'assurer la sécurité et le bien-être de l'individu, et par cela même, de la nation tout entière, surgit la création de l'Assistance publique, grande et noble pensée dont l'application devait, dans la mesure du possible, venir en aide à toutes les misères, à toutes les infortunes.

On en fixa les grandes lignes ; puis des décrets successifs en réglèrent les détails, et c'est ainsi que, sous l'influence de ce courant d'idées nouvelles et aussi pour donner satisfaction aux visées politiques de Napoléon Iᵉʳ, devenu empereur peu auparavant, naquit le projet de loi relatif à l'aide à donner par l'État au père de famille ayant sept enfants.

Il est évident qu'un père de famille dans une situation semblable, qui n'a pour toute ressource que son travail ou un modeste traitement, est, par cela même, dans des conditions d'existence fort pénibles. Qu'il soit fonctionnaire inférieur, petit employé ou ouvrier, le combat pour la vie doit lui être bien dur, et chaque jour, pour lui, doit s'écouler sous le coup d'une gêne incessante cruelle et des privations qui s'imposent à tous les membres de la famille.

Je place ici sur la même ligne que l'ouvrier, l'employé et le fonctionnaire inférieur, avec cette circonstance aggravante pour ceux-ci, qu'ils seront astreints à certaines nécessités sociales, pour le logement et l'habillement, qui ne pèseront pas au même degré sur l'ouvrier, et augmenteront pour eux leur quasi misère, rendue par cela même plus insupportable que celle dont, de ce chef, l'ouvrier aura à souffrir.

Mais pourquoi ce chiffre 7, évidemment peu commun ? Et pourquoi pas 6 et même 5, qui constituent certainement une charge bien lourde pour quiconque ne peut compter que sur son gain journalier, lequel est soumis à tant de fâcheux aléas ?

Cherchons le mot de cette énigme dans l'exposé des motifs du projet qui a été transformé en loi, le 29 nivôse an XIII (19 janvier 1805).

L'honorable rapporteur de la section de l'intérieur au Tribunat, M. Pictet, s'exprime ainsi :

« La loi encourage le mariage ! Quelle perspective plus rassurante pour un jeune » homme qui pense à devenir père, que de prévoir l'époque où l'accroissement de sa » famille pourrait être pour lui un objet d'inquiétude, alors le père de la grande » famille adoptera un enfant ! Que cet enfant puisera dans une source riche et pure une » instruction assortie. à ses talents naturels et à sa vocation ; et qu'il y puisera encore, » avec l'amour de la patrie, le désir constant de reconnaître le bienfait qu'il aura reçu » d'elle. »

A vrai dire, ceci ne nous éclaire guère, et malgré tout le respect qu'on doit à la mémoire des anciens législateurs, je me permettrai de comparer le lyrisme de ce qui précède aux propos prêtés à un type légendaire de notre époque, Joseph Prudhomme, dont l'origine ne serait pas aussi moderne qu'on le croit communément.

En effet, comment a-t-on pu dire sérieusement en plein Tribunat, qu'un jeune homme qui viendra de se marier, sans autre fortune que son travail, verra sans inquiétude sa famille s'accroître, parce qu'il aura la douce perspective de voir élever, par le chef de la grande famille, l'un de ses enfants, à la condition qu'il aura atteint le nombre 7 !

Prudhomme lui-même n'a jamais rien dit d'aussi naïvement enfantin, et un argument de cette force prêterait assurément à rire s'il ne s'agissait d'un sujet fort sérieux et d'une situation des plus intéressante, nécessitant des secours bien plus efficaces que la perspective en question !

La loi proposée n'avait même pas le mérite de la nouveauté, car elle n'est qu'une réminiscence, et elle puise sa source dans un décret de Louis XIV. Le fait est révélé par M. Pictet lui-même, qui introduit Montesquieu dans son exposé et rappelle les paroles suivantes, qu'il aurait dites à propos de ce décret :

« Il n'est pas question de récompenser des prodiges », dit Montesquieu, à l'occasion d'une ordonnance de Louis XIV qui promettait certaines pensions à ceux qui auraient dix enfants, et de plus fortes à ceux qui en auraient douze. Et l'honorable rapporteur ajoute que, presque partout, « les gouvernements sont venus au secours des parents surchargés. »

Tout ce qui précède a un côté historique intéressant, mais n'explique pas suffisamment ni la loi en question, ni l'application spéciale d'un mode de secours, assurément étrange dans sa forme.

Mais si l'on se reporte à l'époque où elle fut présentée et aux nécessités auxquelles elle était destinée à pourvoir, on arrive à constater qu'elle n'était nullement dictée par une sage philanthropie, mais qu'elle était une loi politique et toute de circonstance.

Napoléon Ier, nommé empereur l'année précédente, était le maître absolu de la France, et toutes ses volontés, soumises pour la forme aux corps constitués d'alors, ne rencontraient pour ainsi dire aucune contradiction.

La guerre déclarée à presque toute l'Europe absorbait toutes les forces vives de la nation et les contingents de soldats se succédaient et disparaissaient presque sans interruption. Il fallait des hommes, énormément d'hommes, et, pour s'en procurer, on imagina une prime aux familles nombreuses.

De là, cette loi conçue et présentée dans un esprit d'adulation et faite surtout pour satisfaire les désirs exprimés par le Maître.

Tout l'exposé le prouve et tout doute disparaît devant sa conclusion qui est ainsi conçue :

« Ainsi, Messieurs, la même autorité qui naguère vous a demandé la portion de la » jeunesse française annuellement dévouée à la défense de l'État, cette autorité suprême » et tutélaire offre aujourd'hui à une classe de pères de famille, sinon comme compen- » sation, du moins comme adoucissement à leurs sacrifices, l'espérance de voir un de » leurs nombreux enfants, spécialement adopté par cette patrie, à laquelle il est si glo- « rieux d'appartenir. »

Présentée ainsi et sous l'œil de cette autorité tutélaire dont il vient d'être question, cette loi devait être adoptée et elle le fut par 235 votants contre 8 opposants. Mais il en advint ce qui est généralement le sort des lois mal conçues et qui manquent absolument de base pratique, celle-ci n'eut qu'une existence éphémère et elle ne tarda pas à tomber en désuétude.

Ce fait est établi par M. le rapporteur de la loi du 8 août 1885, qui le constate lui-même dans son exposé des motifs où il dit entre autres : « Que cette loi a pour but de » remettre en pratique la loi du 29 nivôse an XIII *trop tombée en désuétude* depuis long- » temps, etc., etc. »

Pourquoi alors la ressusciter et la faire sortir du juste oubli dans lequel l'ont laissé tous ces philanthropes, tous ces bienfaiteurs de l'humanité qui se sont succédé depuis cette époque et ont été l'honneur de ce siècle ?

Est-ce que la loi sera rendue meilleure et son application plus efficace parce qu'on aura appelé les filles à jouir du privilège réservé jusqu'ici aux garçons dans ces pauvres familles chargées de sept enfants ? Je ne le crois pas, et même je suis convaincu que la loi nouvelle aura avant peu le même sort que celle qu'elle est appelée à faire revivre. Voici les motifs qui devront, ce me semble, en provoquer l'abrogation :

Tout d'abord, on remarquera qu'il s'agit d'un secours à accorder à une unité sur neuf (en comptant le père et la mère), tout en laissant les huit autres unités aux prises avec une situation toujours pénible et souvent cruelle ! Qu'adviendra-t-il de l'enfant secouru ? Quel sera pour lui le résultat probable de l'internat et des habitudes qu'il y aura contractées ? Aura-t-il pour conséquences de procurer au boursier, parvenu au terme de ses études, une position assez rémunératrice pour qu'il puisse se suffire à lui-même et lui donner les moyens nécessaires de venir en aide à sa famille ?

Puis il y aura lieu de constater la dépense que ce secours occasionnera et établir le chiffre de la charge éventuelle imposée de ce chef à nos finances, en prenant pour base la moyenne de l'ensemble des secours distribués dans notre département. Après avoir satisfait à ces diverses considérations, je chercherai à démontrer que l'aide à donner

sera bien plus efficace si elle s'étend à toute la famille, trop nombreuse pour ses faibles ressources, et qu'elle devra naturellement produire des résultats moraux et matériels bien supérieurs à ceux résultant de l'aide donnée à un seul. Et enfin, il y aura lieu de déterminer la nature de ce qui pourra être fait en faveur de cette famille, la forme à donner à l'octroi d'une allocation quelconque et indiquer les garanties dont son attribution devra être entourée.

D'après la loi actuelle, un enfant sur sept sera élevé aux frais de l'État. Cet enfant aura sans doute de neuf à dix ans, car le père devra tenir à ce qu'il bénéficie le plus longtemps possible de la bourse accordée. On doit admettre aussi que celle-ci sera une bourse d'internat, car, à moins de circonstances toutes exceptionnelles, on ne voudra pas de la bourse familiale qui, laissant l'enfant dans sa famille, l'obligerait chaque jour à des courses parfois très longues et très fatigantes et qui auraient en outre l'inconvénient grave d'absorber une portion notable du temps qui devrait être consacré à l'étude.

Le voilà donc interne, jouissant dès la première heure d'un bien-être qui contrastera sans doute singulièrement avec le régime de la maison paternelle ; il y contractera des habitudes qui n'auront rien de commun avec celles qui lui avaient été imposées jusque là ; et lorsqu'il reviendra au milieu des siens, il constatera d'amères différences, en même temps que le récit de tout ce dont il jouit au lycée ou ailleurs excitera l'envie chez ses jeunes frères et sœurs.

Ce sentiment sera naturellement éveillé par cette pensée qui viendra à l'esprit de chacun d'eux : Pourquoi, lui, a-t-il été préféré et nous, délaissés ? De là à la désaffection et à la désunion il n'y a qu'un pas, et l'on aura semé le trouble là où l'harmonie et l'union seraient si nécessaires ?

Les années se passent, et au bout de quatre ans, si l'enfant a été placé à l'école supérieure, il pourra, après avoir satisfait à certains examens, entrer à l'école normale primaire ou entrer dans une maison de commerce où il aura à faire un nouveau stage de quelques années au bout desquelles, en admettant que l'enfant devenu homme se sera sagement conduit, gagnera et même largement de quoi subvenir à son existence. Mais pourra-t-il alors venir en aide à sa famille ? Cela n'est pas probable.

S'il a été placé au lycée, il y suivra le cours ordinaire des classes, et nous admettons qu'il aura été un bon élève ; il aura dix-huit ans environ quand tout sera terminé, et, arrivé à ce point, il aura à surmonter bien des obstacles avant d'arriver à pouvoir se suffire à lui-même.

Dans un cas comme dans l'autre, on aura pourvu par à peu près à l'avenir d'une unité sur neuf ; mais que sera-t-il advenu des huit autres ? Aura-t-on allégé de beaucoup les charges de cette nombreuse famille ? Je ne le pense pas, car là où il y a pour huit, un neuvième trouvera encore aisément ce dont il a besoin. Les nécessités journalières sont demeurées tout aussi nombreuses et aussi lourdes ; et si, en présence de cette fâcheuse situation, un secours est reconnu indispensable, c'est à toute la famille qu'il est nécessaire de l'accorder et non à un seul de ses membres. En le donnant ainsi, on produira certainement un grand bien moral et matériel.

La famille tout entière ne sera plus exposée aux mêmes privations ; les enfants profiteront également du bienfait départi à leurs parents, et, au lieu d'un satisfait et peut-être ingrat, ils seront tous reconnaissants à leur pays qui aura compati à leurs peines et donné les moyens de les élever honorablement.

A ces critiques de la loi de 1885 que je crois fondées, viennent s'en ajouter d'autres sur divers points qui semblent avoir échappé à l'attention de nos législateurs.

Ainsi l'octroi de la bourse est accompagné de nombreuses formalités dont l'examen à subir par le candidat est une des plus importantes ; tous n'y seront point préparés et le plus grand nombre échouera, ainsi que j'en donnerai la preuve tout à l'heure.

Or, ou le secours est véritablement nécessaire aux parents accablés par un aussi lourd fardeau, et, dans ce cas, si la moralité de ceux-ci ne laisse rien à désirer, l'État et la commune doivent leur venir en aide à tous indistinctement, ou la nécessité du secours n'est point admise et alors pourquoi la loi ?

D'un autre côté et à une époque où l'on se plaint si amèrement, et avec raison, de la plaie du fonctionnarisme et de la fâcheuse tendance qu'ont les familles de pousser leurs enfants vers nos diverses administrations, dont ils encombrent toutes les avenues, a-t-on bien songé à la situation toute spéciale qui sera faite à tous ces boursiers, qui se considèreront comme des pupilles de l'État ? Ne seront-ils pas amenés à penser que l'appui qui leur a été donné leur crée un droit de préférence pour être admis, sous une forme ou sous une autre, à émarger au budget, but suprême de tant de convoitises ? Si leurs prétentions sont admises, ils iront grossir d'autant l'armée déjà si nombreuse des fonctionnaires ; si elles ne le sont pas, ils augmenteront naturellement le nombre des déclassés et des mécontents, et dans l'un et dans l'autre cas, le résultat sera fâcheux ou déplorable.

Ce n'est pas tout, car il reste encore la question budgétaire à examiner. Un crédit de 400,000 francs, dont moitié pour les garçons et moitié pour les filles, a été mis à la disposition de M. le Ministre de l'instruction publique, pour satisfaire aux prescriptions de la nouvelle loi.

Or, si nous prenons comme base d'appréciation les résultats fournis par les examens passés dans notre département, il sera facile d'arriver, par voie de comparaison, à ceux très probables fournis par les autres départements.

Ainsi, pour le lycée, il s'est présenté :

23 garçons, dont on a admis 9
1 fille,   —   1

et pour l'École supérieure :

· 10 garçons, dont on a admis 8
8 filles,   —   3

Or, ces bourses sont évaluées comme suit :

Au lycée .... { pour les garçons 800ᶠ
plus pour le trousseau 300
pour les filles 700
plus pour le trousseau 300

Ecole supérieure…	pour les garçons	500^f
	plus pour le trousseau	300
	pour les filles	500
	plus pour le trousseau	300

Par suite, on peut calculer que :

les 9 garçons admis au lycée coûteront............ 7.200^f

plus pour 9 trousseaux............ 2.700

et 1 fille : bourse et trousseau............ 1.000

TOTAL............ 10.900^f

Et que :

les 8 garçons admis à l'école supérieure coûteront............ 4.000^f

plus pour 8 trousseaux............ 2.400

les 3 filles coûteront, trousseaux compris............ 2.400

ENSEMBLE............ 8.800^f

Les deux sommes réunies forment alors pour notre département seul une dépense totale de 19,700 francs, et si l'on prend ce chiffre comme moyenne probable de celui qui résultera de l'ensemble de nos départements (soit 86), dont les uns sont moins importants, mais d'autres plus considérables que le nôtre, on arrive à un total de 1,694,200 francs, soit plus de quatre fois la somme prévue pour le premier exercice.

On peut objecter, et avec raison, que la dépense du trousseau ne se répétera pas chaque année : je l'admets ; mais il y aura lieu de tenir compte aussi que les objets dont il aura été composé devront, pour usure ou autres causes, être remplacés à courte échéance et, par suite, la dépense initiale ne sera que légèrement atténuée.

D'un autre côté, par contre, chaque année, jusqu'à l'extinction de la première série, le nombre des boursiers s'accroîtra de ceux nouvellement admis. Il est probable aussi que les familles, mieux instruites des diverses formalités à remplir, sauront s'y conformer avec plus de chances de succès et faire admettre leur candidat d'autant plus facilement et, par suite, on peut prévoir avec quelque certitude que le nombre de ceux-ci doublera à bref délai. La conclusion à tirer de ce qui précède, c'est que le crédit actuel sera complètement insuffisant, et qu'une somme de trois à quatre millions au moins sera absolument nécessaire.

Dans les circonstances actuelles, c'est là une bien grosse somme, surtout si, comme je le crois, elle doit aboutir, à quelque point de vue on se place, à des résultats fâcheux.

La nécessité de venir en aide aux pères de famille chargés d'enfants s'impose. L'opinion est unanime sur ce point. Non seulement on obéit en cela à un sentiment de charité fort naturel, mais la société elle-même est intéressée à fournir les moyens, à qui ne les possède pas, d'élever et d'instruire ses enfants, de telle sorte que ceux-ci deviennent des citoyens utiles et honorables.

Mais, pour atteindre ce but et produire tout le bien désirable, il est essentiel que toute la famille profite de l'assistance donnée, qu'elle s'étende sur tous ses membres et ne soit pas le privilège d'un seul. Mais où commence la nécessité de l'assistance ? Ne doit-on pas admettre qu'elle existe, ainsi que je le crois, pour toutes les familles ayant cinq enfants ? Le fait se déduit tout naturellement de l'insuffisance d'un gain ou d'un traitement journalier de 5 francs qui ne donne évidemment à sept personnes (y compris le père et la mère), qu'une ressource bien maigre, pour satisfaire aux besoins les plus urgents de la vie. Cette pénible situation s'aggrave naturellement là où il y a six enfants, et bien plus encore lorsqu'il y en a sept.

Il y aurait donc lieu d'instituer un secours gradué ainsi que je vais l'indiquer, et, de plus, et afin de ménager les justes susceptibilités d'honnêtes familles, il serait bon que les allocations à donner revétissent une forme qui exclue tout point d'attache avec l'Assistance publique, dont bon nombre de braves gens répugneraient à devenir les clients.

Pour ce faire, on pourrait donner à cette assistance spéciale une dénomination qui lui enlèverait le caractère de secours ordinaire, en lui donnant celui d'un prêt susceptible de remboursement au cas de retour à meilleure fortune. Je proposerais de l'appeler : *Fonds de prêts d'honneur !* et le père de famille qui aura été admis à jouir du bienfait de cette institution devra s'engager, au moment de son admission, à rembourser, si le sort venait à favoriser lui ou l'un des siens, le capital des sommes reçues annuellement mais sans les intérêts. Un règlement ultérieur définirait les conditions à exiger des demandeurs pour l'obtention des allocations annuelles, et dont la première et la plus importante serait la moralité incontestée du chef de la famille ; il y aurait bien aussi à prévoir le cas où l'aîné des enfants, arrivant à gagner suffisamment pour assurer son existence, fera, par ce fait, diminuer d'autant les charges de la famille, qui serait alors placé dans la catégorie immédiatement inférieure.

Dans ces conditions, le père chargé de sept enfants sera considéré comme n'en ayant plus que six ; puis le second gagnant comme son aîné et le troisième comme celui-ci, la famille, après avoir bénéficié de trois natures d'allocations différentes et n'ayant plus que quatre enfants, cessera de jouir du bénéfice de l'institution.

Si l'on veut prendre en considération ce qui précède et si ma proposition d'allocations graduées est admise, je pense qu'il y aurait lieu d'inscrire pour notre département :

50 pères de famille ayant	5 enfants	
40 —	—	6 —
30 —	—	7 —

à compter comme besogneux ; leur nombre réel excédera évidemment celui indiqué, mais on devra tenir compte des éliminations probables pour diverses causes à déterminer, ce qui rendra, par suite, les chiffres indiqués comme d'autant plus probables.

Ceci admis, je proposerais d'allouer :

à la 1re catégorie..	120 fr. par an	
à la 2e —	....	180 —
à la 3e —	....	240 —

ce qui élèverait le total

pour la 1re............................	6.000
pour la 2e............................	7.200
pour la 3e............................	7.200
SOIT ENSEMBLE........	20.400

c'est-à-dire 700 fr. de plus qu'avec l'allocation actuelle, mais avec cet énorme avantage d'aider cent vingt familles au lieu de ne venir en aide qu'à vingt et une ! De laisser ces familles se développer dans le milieu qui leur est propre et de n'y point introduire des éléments de nature à porter atteinte à l'union, principale base de leur prospérité future. L'État y gagnera de son côté en évitant ainsi d'augmenter le nombre des déclassés et des mécontents, en même temps qu'il multipliera le nombre des bons citoyens élevés au sein d'une honnête famille et habitués, dès leur enfance, à ne demander qu'au travail les moyens de vivre honorablement.

La dépense que je viens d'indiquer comme probable devra d'ailleurs être diminuée dans un temps donné de la somme des remboursements qui seront faits par les parents ou les enfants arrivés à meilleur sort.

Ce fait reste évidemment éventuel ; mais ma confiance dans la probité française est telle, que je ne doute pas que bon nombre de ces débiteurs s'empresseront de se libérer, aussitôt que les circonstances leur seront devenues plus favorables.

Cette dépense pourrait être mise, non seulement à la charge de l'État, mais aussi à celles du département et de la commune, chacun pour une part à déterminer et dont l'État assumerait naturellement la plus forte.

Mais le département et la commune ne sauraient être entièrement désintéressés dans une question aussi importante qui doit avoir pour objet d'atténuer, dans une certaine mesure, les souffrances de ceux de leurs contribuables qui sont dans une situation aussi pénible et ils auraient à prendre à sa solution une part qu'il ne m'appartient pas de préciser.

En résumé, une loi a été faite au sortir de la Révolution en vue de produire un certain bien qu'elle n'a pas réalisé et elle était tombée depuis si longtemps en désuétude qu'elle était pour ainsi dire ignorée de la génération actuelle.

Pourquoi, en présence d'un résultat aussi piteux, aussi négatif, avoir eu la fâcheuse idée de la faire revivre ? Tout, dans l'expérience faite, devait prémunir contre le renouvellement d'une institution condamnée et enterrée ; mais, ainsi que je crois l'avoir démontré, de graves nécessités s'imposent néanmoins, et il y a beaucoup à faire, soit dans la forme que j'ai indiquée, soit dans telle autre qu'on pourra juger mieux appropriée à venir en aide à la classe de nos concitoyens sus visée. Je conclus, en réclamant l'abrogation de la loi actuelle, et je demande son remplacement par une autre loi pouvant produire tout le bien dont on poursuit la réalisation.

Nancy, le 1er décembre 1885.

CH. NATHAN-PICARD